思い出のポケット

JUNIOR POEM SERIES

山内《やまうち》 弘子《ひろこ》 詩集

おぐら ひろかず 絵

はじめに

ことばや音楽は乾《かわ》いた心にうるおいを与えてくれます。音楽好きだった父が、幼《おさな》い頃買ってくれた童謡《どうよう》のＳＰ盤《ばん》のレコードが今も手もとにあります。

それは、子どもの頃に出会った大切な宝物です。

小学生の頃、詩を書くのが大の苦手《にがて》だった私《わたし》が、詩を書き始めて多くの月日がたちました。

詩を書くことなどまるでなかった私ですが、時間が少しずつ私に詩を書く力を与《あた》えてくれたような気がします。「継続《けいぞく》は力なり」という言葉、私は身を持って感じています。

これからもゆっくり、少しずつ歩んで行きたいと思っています。

心に届《とど》く作品が書けるようにと……。

山内　弘子

Ⅰ　秋をいっぱい

II　気球《バルーン》——風は友だち——

Ⅲ　きみは知ってますか

Ⅰ　秋をいっぱい

星

暗《くら》い夜空に
ぴかっと星が光っている

ここにいるよって
光っている

宇宙《うちゅう》で光る
たくさんの星

ぼくよりずっと
ちいさいけれど
ぼくよりずっと
年上

はる

菜《な》の花畑《はなばたけ》に　春くれば
ちょっとすてきな　たびびとおやど
今日《きょう》も朝から　お客様《きゃくさま》
甘《あま》い香《かお》りに　さそわれて
花のホテルに　とまります
菜の花畑に　春くれば
ちょっとすてきな　たびびとおやど

今日もぽかぽか　いい日より
ちょうちょ　みつばち　てんとうむし
緑《みどり》の葉《は》っぱも　お出迎《でむか》え

菜の花畑に　春くれば
ちょっとすてきな　たびびとおやど
今日も一日　終《お》わります
空に丸い　お月様
花のホテルを　照《て》らします

ぼくのたからもの

サッカーシューズ
家の中で　はいたり　ぬいだり　かざってみたり
うれしいな　うれしいな
リフティング
うまくできるかな
今日《きょう》の練習《れんしゅう》
どうしようかな

汚《よご》すのもったいないから
今日はやっぱりいつもの靴《くつ》で
新しいサッカーシューズ
しまっておこう

〝ぼくのたからもの〟

チャボのあいさつ

チャボのかあさん　朝一番
チャボのあいさつ　ごあいさつ
明るく晴れた　朝ですよ
コケッコッコー　コケッ　コー
コケッコッコー　コケッ　コー

チャボのこどもも　目を覚《さ》まし
朝一番の　ごあいさつ

まだまだ上手《うま》く　できない
コケッ　コー　コケッ　コー
コケッ　コー　コケッ　コー

早起《はやお》きすずめが　とんで来《き》て
チャボのあいさつ　聞いている
首をかしげて　聞いている
コケッコッコー　コケッ　コー
コケッ　コー　コケッ　コー

竹の坊《ぼう》や

昼でも暗《くら》い　竹やぶに
小さな坊やが　顔を出した
春のお日様　こんにちは
ひょっこり　ひょこひょこ
顔を出した

母さん竹の　足もとに
小さな坊やが　顔を出した

おいしい空気が　吸《す》いたいと
ひょっこり　ひょこひょこ
顔を出した

クモ

小さいクモは雨上がり　高い空をみてました
見たこともない空の国　行ってみたい空の国
　小さいクモは考えて　空にはしごをかけました
細くて長い糸を織《お》り　空にはしごをかけました

青く広がる空の下　くものじゅうたんありました
大きく浮《う》かぶ白いくも　小さく浮かぶ白いくも
　あちらこちらに集《あつ》まって　旅《たび》のお話してました

あしたは何処《どこ》へ行こうかと　旅のお話してました

小さいクモは間違《まちが》えて　黒いくもに乗《の》りました
暗《くら》くて重《おも》い黒いくも　どこか冷《つめ》たい黒いくも
黒いくもは雨になり　下へ下へと落ちました
小さいクモも連《つ》れられて　下へ下へと落ちました

せっかく上《のぼ》った青い空　クモはくもを間違えて
もとの場所《ばしょ》に居《お》りました　いつもの場所に居りました
小さいクモは今日《きょう》もまた　高い空をみてました
も一度空へ行きたいと　高い空をみてました

夢《ゆめ》の電車

暗《くら》い暗い　お空には
お星様が　きら　きら
お月様も　ぴか　ぴか
おやすみなさいの　時間です

夢の電車の　行く先は
お菓子《かし》の駅《えき》に　願《ねが》います
とろりとろける　チョコレート
三角お屋根《やね》に　のってます

甘《あま》い甘い　お菓子の駅は
私《わたし》の好《す》きな　ものばかり
壁《かべ》は茶色《ちゃいろ》い　ビスケット
小さいお窓《まど》も　ついてます

楽しい夢の　電車には
こどもがたくさん　のってます
笑顔《えがお》がたくさん　のってます

秋のかけっこ

秋のかけっこ　きれいだね
緑《みどり》の山をまっ赤《か》に染《そ》めて
山から里に下《お》りてくる

きんもくせいのかおるころ
秋は山から下りてくる
北から南に下りてくる

秋のかけっこ　きれいだね
ふもとの里へ一目散《いちもくさん》に
山から急《いそ》いで下りてくる

コスモスの花ゆれるころ
秋は山から下りてくる
北から南に下りてくる

ちょっと待《ま》って欲《ほ》しいの

今日《きょう》はうれしいピクニック
お弁当《べんとう》　もってもって
おやつも　もってもって
―だけど気になる空模様《そらもよう》―

天の神様　ねえお願《ねが》い！
冷《つめ》たい雨を降《ふ》らすのは
ちょっと待って
ちょっと待って欲しいの

お山の上にこしかけて
みんなで　おしゃべりおしゃべり
たのしい　おしゃべりおしゃべり
　—だけど気になる空模様—

天の神様　ねえお願い！
ぽつぽつ雨を降らすのは
ちょっと待って
ちょっと待って欲しいの

緑《みどり》の原に

野うさぎ　野うさぎ　出ておいで
森から続《つづ》く　裏庭《うらにわ》へ
木には小さな　りんごの実《み》
まっ赤《か》なほっぺで　待《ま》っている

野うさぎ　野うさぎ　出ておいで
星のかがやく　夜の道
窓辺《まどべ》にともる　スタンドの
ほのかな灯《あか》りが　きれいだよ

野うさぎ　野うさぎ　出ておいで
長い耳を　そば立てて
木立《こだち》の間を　走《はし》り抜《ぬ》け
僕《ぼく》らの前に　出ておいで
緑の原に　出ておいで

秋をいっぱい

柿《かき》の葉《は》ゆれて　ひらひらおちた
あかく染《そ》まって　ひらひらおちた
一枚《いちまい》　二《に》枚　三《さん》・四《し》　五《ご》枚
秋のお庭《にわ》に　ひらひらおちた

赤い柿の実《み》　カラスが食べた
僕《ぼく》も負《ま》けずに　柿の実食べた
一《ひと》つ　二《ふた》つ　三《みっ》・四《よっ》　五《いっ》つ
秋をいっぱい　いっぱい食べた

柿の木柿の木　さよならしてる
柿も葉っぱも　さよならしてる
一《いっ》かい　二《に》かい　三《さん》・四《し》　五《ご》かい
秋もいっしょに　さよならしてる

虫の音楽会

お空に星の　光るころ
小さな虫の　音楽会
蝶《ちょう》ネクタイの　マツムシが
やさしくタクト　振《ふ》りました
リンリン　コロコロ　ガーチャガチャ
秋のお知らせ　いたします
夜露《よつゆ》にぬれた　草の中

小さな虫の　音楽会
きらきら星の　ディレクター
スポットライト　送《おく》ります
リンリン　コロコロ　ガーチャガチャ
秋のお知らせ　いたします

コオロギ　スズムシ　クツワムシ
みんな揃《そろ》って　音楽会
静《しず》かに夜の　ふけるまで
涼《すず》しい音《ね》色《いろ》　かなでます
リンリン　コロコロ　ガーチャガチャ
秋のお知らせ　いたします

虹《にじ》の橋《はし》

雨の忘《わす》れた　宝《たから》もの
そらにぽっかり　虹の橋

渡《わた》ってみたいな
七つの色の　階段《かいだん》を
ぼくの小さな　自転車《じてんしゃ》で

大きな帽子《ぼうし》　雲の上
夢《ゆめ》がいっぱい　浮《う》かんでる

滑《すべ》ってみたいな
七つの色の　すべりだい
お手手つないで　かあさんと

サンタの国のクリスマス

サンタの子どもが　いいました
今日《きょう》はうれしい　クリスマス・イブ
サンタにお手紙　書きました
私《わたし》の欲《ほ》しい　プレゼント

サンタの子どものクリスマス
クリスマス
メリー　クリスマス

サンタの国の　子どもたち
雪の降《ふ》る夜《よ》の　クリスマス・イブ
帰りをじっと　待《ま》ってます
サンタのいない　クリスマス

サンタの国のクリスマス
クリスマス
メリー　クリスマス

サンタの国のものがたり
サンタの子どものものがたり

お・や・す・み

ねむの木が
やさしい風に吹《ふ》かれて
そっと葉《は》を閉《と》じたよ
ねむの木も
夢《ゆめ》をみるのかな

母《かあ》さんの子守歌《こもりうた》
聞いているのかな
緑《みどり》のふとんをかけて
お・や・す・み

Ⅱ

気球《バルーン》――風は友だち――

ふるさと遠く

春です　花の季《き》節《せつ》です
今年《ことし》も忘《わす》れず　咲《さ》きました
黄色い黄色い　たんぽぽが
綿毛《わたげ》のプロペラ　風にのり
知らない町に　着《つ》きました
ふるさと遠く　旅《たび》をして

季節の時計《とけい》が　春させば
きっときっと　咲くでしょう
黄色いたんぽぽ　あちこちに
春を忘れず　咲くでしょう

ふるさとの　遠い空
ふるさとの　夢《ゆめ》をみて
それまでそっと
お・や・す・み　なさい

からすの子

黒いからす
スキップ　スキップ　してる
春の嵐《あらし》が木をゆすり
おいしい木の実《み》こぼしていった

誰《だれ》もいない雑木林《ぞうきばやし》
一羽《いちわ》遊《あそ》ぶからすの子

風とおすもうしてるのかしら
それとも光とかくれんぼ

さびしくないの
お母《かあ》さんはどこ

黒いからす
スキップ　スキップ　してる
長いくちばし地をつつき
おいしい木の実さがして食べた

風がピアノを弾《ひ》いている

春の風が　ゆれる　ゆれる
みどりの若葉《わかば》も　ゆれる　ゆれる
どこかで　どこかで　音がする
ピアノを弾いているのは　だれ

風がピアノを弾いている
風の音を奏《かな》でてる
風がタッチするたびに
上がったり　下がったり

緑《みどり》の葉《は》っぱの鍵盤《けんばん》たちよ

風がピアノを弾いている
風の音を奏でてる
風がタッチするたびに
ドレミファソ　ドレミファソ
ドレミファソ　……

春の風が　ゆれる　ゆれる
みどりの若葉も　ゆれる　ゆれる
あんまり強《つよ》く　吹《ふ》かないで
みどりの鍵盤　痛《いた》いから

早口《はやくち》ことば

月夜《つきよ》の晩《ばん》の　田んぼの中の
カエルの学校の　一年生
これから始《はじ》める　早口ことばの
歌をうたう　練習《れんしゅう》れんしゅう
先生始めに　得意《とくい》ののどで
（先生）　カエルピョコピョコ　三ピョコピョコ
　　　　合わせてピョコピョコ　六ピョコピョコ
（生徒）　カエルピョコピョコ　三ピョコピョコ
　　　　合わせてピョコピョコ　六ピョコピョコ
早口ことばの　歌をうたえず

ピョコピョコはねてる　カエルはどこだ
忍者《にんじゃ》の国の　忍者の村の
忍者の学校の　一年生
これから始める　早口ことばの
忍術《にんじゅつ》つかう　練習れんしゅう
先生始めに　得意のポーズ
（先生）　赤巻紙《あかまきがみ》　黄《き》巻紙《まきがみ》　長巻紙《ながまきがみ》
　　　　　赤巻紙　黄巻紙　長巻紙
（生徒）　赤巻紙　黄巻紙　長巻紙
　　　　　赤巻紙　黄巻紙　長巻紙
早口ことばの　忍術つかえず
体がみえてる　子どもはどこだ

あじさい

あじさいの花が
雨にうたれて咲《さ》いていますよ
此糸《このいと》　何色　紫《むらさき》の
小さな花びら集《あつ》まって
花のぼんぼり
花のぼんぼり　咲かせます

あじさいの花が

季節《きせつ》を告《つ》げて咲いていますよ
此糸　何色　紫の
垣根《かきね》が続《つづ》く石だたみ
花のゲートが
花のゲートが　ゆれてます

あじさいの花が
花びんの中で咲いていますよ
此糸　何色　紫の
一輪《いちりん》ほどの美《うつく》しさ
心の窓《まど》を
心の窓を　飾《かざ》ります

気球《バルーン》—風は友だち—

風に誘《さそ》われ旅立《たびだ》とう
気球《バルーン》に乗《の》って知らない町へ
風に誘われ旅立とう
風は友だち
風はゆりかご

気球　気球　舞《ま》い上がれ
希望《ゆめ》いっぱい詰《つ》め込《こ》んで
気球……舞い上がれ
大空へ

この大空へ

風に誘われ旅立とう
気球に乗って知らない町へ
風に誘われ旅立とう
風は案内人《パイロット》
風は船頭《ボートマン》

気球　気球　舞い上がれ
風の歌聞きながら
気球……舞い上がれ
大空へ
この大空へ

ひまわり畑《ばたけ》でかくれんぼ

せいたかのっぽの　ひまわりは
まぁるい　黄色い　花の家
風にさわさわ　ゆれている
しらん顔して　ゆれている
　ひまわり畑で　かくれんぼ
友だちかくれて　ぼくはおに
もぅいいよ　もぅいいよ
遠くで呼《よ》ぶ声　きこえてる

両手《りょうて》をはずすと　ぼくひとり
ひまわり畑に　ぼくひとり
友だちさがして　進《すす》むけど
誰《だれ》もみえない　ぼくひとり

遠くで呼んでる　声がする
おにさんここよ　早くきて
みぃつけた　みぃつけた
涙《なみだ》のあとが　光ってる

黄色いひまわり　いたずらが好《す》き
こんどはだれを　かくすのかしら

誰《だれ》もいない夜の浜辺《はまべ》を

誰もいない夜の浜辺を
そっと歩《ある》いてみてごらん

空から月が下りてきて
波《なみ》と仲《なか》よくぶらんこしてる
　ゆうらり　ゆうらり
ゆうらり　と

誰もいない夜の浜辺を
そっと歩いてみてごらん

光をあびたサクラ貝《がい》
砂《すな》と仲よくおはなししてる
　さらさら　さらさら
　さらさら　と

誰もいない夜の浜辺を
そっと歩いてみてごらん

小さな丸《まる》いあしあとが
かげと仲よく　かくれんぼしてる
　ゆっくり　ゆっくり
　ゆっくり　と

冬の枯《か》れ木に

冬の枯れ木に　咲《さ》く花は
小さい小さい　花でした
雨のしずくの　花でした

きらきらゆれて
きらきらゆれて
光の花に
な・あ・れ

郵 便 は が き

104-0061

おそれいりますが
切手をお貼りください

東京都中央区銀座1-21-7-4F

㈱ 銀の鈴社

鈴《すず》の音《ね》会員 登録係　行

お客様の個人情報は、個人情報保護法に基づく弊社プライバシーポリシーを遵守のうえ、厳重にお取扱い致します。今後弊社からのお知らせなどご不要な場合はご一報いただければ幸いです。

「鈴の音会員」（会費無料）にご登録されますと、アート＆ブックス銀の鈴社より、会報誌「鈴の音だより」や展覧会イベントなどのご案内をお送りいたします。この葉書でご登録の方には、もれなく野の花アートの絵はがきを一葉プレゼントさせていただきます。

ふりがな	生年月日　明・大・昭・平
お名前 （男・女）	年　　月　　日
ご住所　（〒　　　　　）Tel	
情報送信してよろしい場合は、下記ご記入お願いします。	
E-mail	Fax　　－　　－

枯れ木に止まる　むくどりは
仲《なか》よく並《なら》んで　雨やどり
傘《かさ》もささずに　雨やどり

寒《さむ》いだろうな
寒いだろうな
早く天気に
な・あ・れ

冬の枯れ木に咲く花は
静《しず》かな静かな冬の雨
やさしいやさしい冬の雨

不思議《ふしぎ》の旅《たび》

おとぎ話を　開《ひら》いてみたら
不思議なことに　あいました
　魔法《まほう》がとけた　シンデレラ
カボチャに戻《もど》った　夢《ゆめ》の馬車《ばしゃ》
消《き》えてしまった　ドレス
でもでも　ちょっと　ちょっと　変《へん》
ガラスの靴《くつ》は消えません

不思議なことに　出会《であ》ったら
不思議の旅に　出かけよう

不思議をみつけに　出かけよう
おとぎ話を　開いてみたら
不思議なことに　あいました
桃《もも》から生まれた　桃《もも》太郎《たろう》
桃の密室《みっしつ》の　トリックは
誰《だれ》に聞いても　？《はてな》
どうしてなのか　わからない
ぼくは不思議でふくらんだ

不思議なことに　出会ったら
不思議の旅に　出かけよう
不思議をみつけに　出かけよう

ふたり

お母《かあ》さんとふたり
冬の明るい日曜日
ぼんやり庭《にわ》をみているの
お母さんとふたり

お母さんとふたり
きょうはお休みゆっくりと
私《わたし》とお話できるでしょ

お母さんとふたり

毎日《まいにち》お仕事《しごと》忙《いそが》しい
疲《つか》れているのね　お母さん
仲《なか》よく並《なら》んで腰掛《こしか》けて
お菓子《かし》をつまんで　それから……

もう少し　あと少し
お願《ねが》い　そばにいて
私だけのお母さん
今はあまえていたいから

みのむし

風にふるえる　木の枝先《えださき》で
みのむし　みのむし　ゆれている
風の寒《さむ》さに　ふるえるように
ポツンとひとつ　ゆれている

みのむし　みのむし　淋《さび》しくないの
かわいい雀《すずめ》　友だちかしら
冬の終《お》わりを　待《ま》ちながら

ポツンとひとつ　ゆれている

木《こ》の葉《は》の落《お》ちた　木の枝先で
みのむし　みのむし　ゆれている
どんより暗《くら》い　空の下で
ポツンとひとつ　ゆれている

みのむし　みのむし　寒くはないの
冬の北風　友だちかしら
空を飛《と》ぶ日を　待ちながら
ポツンとひとつ　ゆれている

Ⅲ　きみは知ってますか

おとぎ話

その昔《むかし》
母に聞いたおとぎ話を
わたしはいつ
話してあげられるでしょうか

月に住《す》むかぐや姫《ひめ》のことを
りんごを食べた白雪姫《しらゆきひめ》のことを

その昔
本で読んだおとぎ話を
わたしはいつ
読んであげられるでしょうか

星に住む星姫様のことを
幸《しあわ》せになったシンデレラ姫のことを

思い出のポケット

おとうさんの思い出を
そっと教えてくれたんだ
ベーゴマ　カンケリ　メンコとり
　小さいころの　おとうさん
ころりころころ　思い出が
あふれてくるよ
思い出のポケット

小さいころの思い出を
そっと教えてあげたんだ
ケンダマ　サッカー　プラモデル
ぼくの楽《たの》しい　アルバムを
ころりころころ　思い出す
心のふるさと
思い出のポケット

二人の時代《じだい》は違《ちが》っても
心を繋《つな》ぐ
思い出のポケット

四月の雨

冬から春へ　季節《きせつ》は移《うつ》り
芽《め》から蕾《つぼみ》に　そして花へ
生まれたばかりの　花水木《はなみずき》
雨のしずくに　ゆれながら
雨とお話　しています
　雨《レイン》　雨《レイン》　灰色《はいいろ》の空
　雨　雨　一筋《ひとすじ》の糸
　雨　雨　のきをたたき
　雨　雨　はずむ雨音《あまおと》

四月の雨は　心おどる雨

冬から春へ　季節は移り
芽《め》から若葉《わかば》に　そして緑葉《あおば》へ
生まれたばかりの　柿《かき》若葉
日ごとに伸《の》びて　羽《はね》をひろげ
雨とお話　しています
　雨《レイン》　雨《レイン》　空のたより
　雨　雨　草木のいこい
　雨　雨　安《やす》らぎの歌《うた》
　雨　雨　命《いのち》の賛歌《さんか》
四月の雨は　季節《とき》をきざむ雨

雨あがりの日差《ひざ》しの中で

雨あがりの　日差しの中で
雑木林《ぞうきばやし》を　歩《ある》いてごらん
生まれたままの　においがする
のどかな大地の　においがする
季節《きせつ》の風に　運《はこ》ばれて来《き》た
のどかな春の　においがするよ

そよ吹《ふ》く風に　若葉《わかば》がゆれて

木々《きぎ》の梢《こずえ》に　光がゆれて
小鳥の歌が　木の間《こま》にゆれて
春のやさしい　贈《おく》り物《もの》

雨あがりの　日差しの中で
雑木林を　歩いてごらん
草木《くさき》の生きる　においがする
明るい太陽《たいよう》の　においがする
すみゆく空の　ポケットからは
明るい春の　においがするよ
明るい春の　においがするよ

ぬくもり

けんかしちゃって
泣《な》き泣き帰る
日暮道《ひぐれみち》
にっこり笑《わら》う
かあさんの
やさしい笑顔《えがお》に
逢《あ》いたくて
走って帰る
日暮道

叱《しか》られちゃって
思わず外に
　出たけれど
ほんのり照《て》らす
　月明かり
家のあかりが
　恋《こい》しくて
こっそり入る
　家のドア

高原で

夏の静《しず》かな高原で
あかつめ草にあいました
緑《みどり》の大きなじゅうたんに
ピンクの模様《もよう》がゆれてます

あかつめ草の花はピンク
遠く風に運《はこ》ばれて
夏の静かな高原に
かわいい花をさかせます

どこから来《き》たのか黄色い蝶々《ちょうちょ》
花のまわりをひとまわり
夏の静かな高原は
あかつめ草の花ざかり

夏の静かな高原で
あかつめ草にあいました
淡《あわ》い小さな花びらが
流《なが》れる風にゆれてます

雨の日の忘《わす》れもの

雨の日の忘れもの
ホームの下に傘《かさ》が数本
縦《たて》になったり　横《よこ》になったり

ラッシュアワーのホームの下は
休みない車輪《しゃりん》の行列《ぎょうれつ》
何事《なにごと》もなく通り過《す》ぎる

落《お》とされたのか　捨《す》てられたのか
声も出せず横たわる傘
早く持《も》ち主《ぬし》のもとへ帰れますように

たより

手紙に羽《はね》がはえてたら
お手紙書きます　おかあさん

「お元気ですか　おかあさん」
「何してますか　おかあさん」

こちらは同じ
いつもと同じ
何事《なにごと》も変《か》わりなく
季節《きせつ》はすぎてゆきます

おかあさんがいなくなっても
いつも同じ　いつも同じ

手紙に羽がはえてたら
お返事《へんじ》ください　おかあさん

「元気ですよ　ありがとう」
「幸福《しあわせ》ですよ　ありがとう」

手紙に羽がはえてたら
天国行きの切手《きって》を貼《は》って
お手紙出したい　おかあさん
おかあさん　おかあさん……

かもめ—冬の足音—

日だまりの
川面《かわも》に遊《あそ》ぶ鳥の群《む》れ
小さな影《かげ》を　映《うつ》して揺《ゆ》れて
灰色《はいいろ》の翼《つばさ》休め
めぐり来る季節《きせつ》を告《つ》げに
今年《ことし》もやって来《き》ましたね

かもめ　かもめ
ゆりかもめ
やがて来る　雪の季節

冬は　すぐそこ
穏《おだ》やかな
光の中を乱《みだ》れ飛《と》ぶ
心のままに　天空《そら》にただよう
　灰色の翼広げ
　春までのわずかな時間
　今年もやって来ましたね

かもめ　かもめ
ゆりかもめ
色づいた　秋も終《お》わり
冬は　すぐそこ

きみは知ってますか

知ってますか　きみ
お腹《なか》をすかしている友を
きみと同じ　同じ年齢《とし》の
この地球《ちきゅう》に生まれた友を

知ってますか　きみ
世界《せかい》のどこかで待《ま》っている
食べ物を待っている
悲《かな》しい眼《め》をした子どもたちを

きみに知って欲《ほ》しい
きみに知って欲しい
大切《たいせつ》な食べ物のことを
食べられる幸福《しあわせ》のことを

この地球《ほし》のどこかで

この地球《ほし》のどこかで　戦《たたか》う人がいる
この地球のどこかで　泣《な》く人がいる

夢《ゆめ》　希望《きぼう》　未来《みらい》
平和《へいわ》を愛《あい》し　人を愛し

人は皆《みな》　幸福《しあわせ》求《もと》めて
人は皆　この世《よ》に生きる

戦いから生まれるのは　何
何　何　何

子を捜《さが》す親《おや》　親を捜す子
罪《つみ》なき人の　泣き声が響《ひび》く

戦争《せんそう》は　やめて
やめて　戦いは
心の声が　響く

一番大切《たいせつ》なもの

花のいのち　鳥のいのち
虫のいのち　私《わたし》のいのち
眼《め》には見えない　神様《かみさま》の贈《おく》りもの
昔《むかし》　昔の　神様の贈りもの

泣《な》いて　笑《わら》って　怒《おこ》って　拗《す》ねて
生きている　生きている
輝《かがや》きながら　生きている

お父《とう》さん　お母《かあ》さんにもらった
一番大切なもの　いのち

あなたのいのち
私のいのち
いのち

詩・山内弘子（やまうち　ひろこ　本名　村岡弘子）

1945年　東京生まれ。
共立女子大学短期大学部文Ｉ国語専攻卒業
日本音楽著作権協会会員
日本童謡協会会員
詩と音楽の会会員
金の鳥音楽協会会員

絵・おぐら　ひろかず

1952年　東京生まれ。

絵本作家・イラストレーター。

1992年ボローニャ国際絵本原画展最優秀イラストレーター賞受賞。

絵本制作を中心にカレンダー、CDジャケット、パッケージなどのイラストレーションを手掛ける。

絵本作品に、「ひびけひびけばいおりん」「だれもしらない」（至光社）、「ほしのたびびと」「かぜのたびびと」「くませんせい」シリーズ（ひさかたチャイルド）、「ほしベソくん」シリーズ（フレーベル館）、「償い」（サンマーク出版）、「しろがはしる」（ポプラ社）他、多数。

NDC911
東京　銀の鈴社　2007
88頁 21cm（思い出のポケット）

ジュニアポエム　シリーズ　185
2007年3月28日初版発行
本体1,200円＋税
思い出のポケット
著　者　山内弘子©　おぐらひろかず・絵©
シリーズ企画　㈱教育出版センター
発行者　西野真由美
編集発行　㈱銀の鈴社 TEL 03-5524-5606　FAX 03-5524-5607
〒104-0061　東京都中央区銀座1-21-7 GNビル4F
http://www.ginsuzu.com
E-mail book@ginsuzu.com

ISBN978-4-87786-185-8 C8092
落丁・乱丁本はお取り替え致します
印　刷　電算印刷
製　本　渋谷文泉閣

…ジュニアポエムシリーズ…

1 鈴木敏史・詩集／宮下琢郎・絵　星の美しい村　★☆
2 小池知子・詩集／高志孝子・絵　おにわいっぱいぼくのなまえ　★☆
3 鶴岡千代子・詩集／武田淑子・絵　白い虹　児文芸新人賞
4 楠木しげお・詩集／久保雅勇・絵　カワウソの帽子
5 津坂治男・詩集／垣内美穂・絵　大きくなったら　★
6 後藤れい子・詩集／山本まつ子・絵　あくたれぼうずのかぞえうた
7 北村蔦子・詩集／柿本幸造・絵　あかちんらくがき
8 吉田瑞穂・詩集／吉田翠・絵　しおまねきと少年　★⊠◎
9 新川和江・詩集／葉祥明・絵　野のまつり　★☆
10 阪田寛夫・詩集／織茂恭子・絵　夕方のにおい　★◈○☆
11 高田敏子・詩集／若山憲・絵　枯れ葉と星　★☆
12 原田直友・詩集／吉田翠・絵　スイッチョの歌　★◎
13 小林純一・詩集／久保雅勇・絵　茂作じいさん　★◉●☆◎
14 谷川俊太郎・詩集／長新太・絵　地球へのピクニック　★◎
15 与田準一・詩集／深沢省三・絵／深沢紅子・絵　ゆめみることば　★
16 岸田衿子・詩集／中谷千代子・絵　だれもいそがない村
17 江間章子・詩集／榊原直美・絵　水と風　◇◎
18 原田直友・詩集／小野まり・絵　虹—村の風景—　★
19 福田正夫・詩集／福田達夫・絵　星の輝く海　★☆
20 草野心平・詩集／長野ヒデ子・絵　げんげと蛙　★☆○◇
21 宮田滋子・詩集／青木まさる・絵　手紙のおうち　☆○
22 久保田昭三・詩集／斎藤彬子・絵　のはらでさきたい
23 鶴岡千代子・詩集／加倉井和夫・絵／武田淑子・絵　白いクジャク　★●
24 尾上尚子・詩集／まど・みちお・絵　そらいろのビー玉　★☆　児文協新人賞
25 水上紅・詩集／深沢紅子・絵　私のすばる　☆
26 野呂昶・詩集／福島一二三・絵　おとのかだん　★
27 こやま峰子・詩集／武田淑子・絵　さんかくじょうぎ　☆
28 青戸かいち・詩集／駒宮録郎・絵　ぞうの子だって
29 まきたかし・詩集／福田達夫・絵　いつか君の花咲くとき　★☆♡
30 薩摩忠・詩集／駒宮録郎・絵　まっかな秋　★☆♡
31 新川和江・詩集／福島一二三・絵　ヤァ！ヤナギの木　★☆○♡
32 井上靖・詩集／駒宮録郎・絵　シリア沙漠の少年　★☆♡
33 古村徹三・詩集／古村徹三・絵　笑いの神さま
34 江上波夫・詩集／青空風太郎・絵　ミスター人類　○☆
35 秋原秀夫・詩集／鈴木義治・絵　風の記憶　★◎
36 水村三千夫・詩集／武田淑子・絵　鳩を飛ばす
37 久冨純江・詩集／渡辺安芸夫・絵　風車　クッキングポエム
38 日野生三・詩集／吉野晃希男・絵　雲のスフィンクス　★
39 佐藤雅子・詩集／佐藤太清・絵／広瀬きよみ・絵　五月の風　★
40 小黒恵子・詩集／武田淑子・絵　モンキーパズル　★
41 木村信子・詩集／山本典子・絵　でていった
42 中野栄子・詩集／吉田翠・絵　風のうた　☆
43 宮田滋子・詩集／牧村慶子・絵　絵をかく夕日　★
44 大久保テイ子・詩集／渡辺安芸夫・絵　はたけの詩　★☆
45 秋原秀夫・詩集／赤星亮衛・絵　ちいさなともだち　♥

☆日本図書館協会選定
★全国学校図書館協議会選定
□少年詩賞　■茨城県すいせん図書
○厚生省中央児童福祉審議会すいせん図書
●日本童謡賞　♧岡山県選定図書
♡日本子どもの本研究会選定
♥秋田県選定図書
♣愛媛県教育会すいせん図書
◇岩手県選定図書
◆京都府選定図書
⊠芸術選奨文部大臣賞
◉赤い鳥文学賞　◈赤い靴賞

…ジュニアポエムシリーズ…

46 日友靖子詩集　藤城清治・安西明美・絵　猫曜日だから ◆☆
47 秋葉てる代詩集　武田淑子・絵　ハープムーンの夜に ♡
48 こやま峰子詩集　山本省三・絵　はじめのいーっぽ ★♡
49 黒柳啓子詩集　金子滋・絵　砂かけ狐 ♡
50 三枝ますみ詩集　武田淑子・絵　ピカソの絵 ☆♡●
51 夢虹二詩集　武田淑子・絵　とんぼの中にぼくがいる ♡○♥
52 はたちよしこ詩集　まど・みちお・絵　レモンの車輪 □✣
53 大岡信詩集　葉祥明・絵　朝の頌歌 ★☆♡♥◎
54 吉田瑞穂詩集　吉田翠・絵　オホーツク海の月 ★☆♡
55 さとう恭子詩集　村上保・絵　銀のしぶき ★☆♡
56 星乃ミミナ詩集　葉祥明・絵　星空の旅人 ★☆♡
57 葉祥明詩集　葉祥明・絵　ありがとう そよ風 ★♡
58 青戸かいち詩集　初山滋・絵　双葉と風
59 小野ルミ詩集　和田誠・絵　ゆきふるるん ★☆●♡
60 なぐもはるき詩集　なぐもはるき・絵　たったひとりの読者 ★♡✣

61 小関秀夫詩集　小倉玲子・絵　風《かざ》栞《しおり》 ★♡♥
62 海沼松世詩集　守下さおり・絵　かげろうのなか ☆♡
63 山本龍生詩集　小倉玲子・絵　春行き一番列車 ♡
64 小泉周二詩集　深沢省三・絵　こもりうた ★☆♡
65 かわてせいぞう詩集　若山憲・絵　野原のなかで ♡★♥
66 えぐちまき詩集　赤星亮衛・絵　ぞうのかばん ♡◆♥
67 池田あきつ詩集　小倉玲子・絵　天気雨 ♡
68 藤井則行詩集　君島美知子・絵　友へ ♡♤
69 藤哲生詩集　武田淑子・絵　秋いっぱい ★♠
70 日友靖子詩集　深沢紅子・絵　花天使を見ましたか ★
71 吉田瑞穂詩集　吉田翠・絵　はるおのかきの木 ★
72 小島禄琅詩集　中村陽子・絵　海を越えた蝶 ☆★♥♡
73 にしおまさこ詩集　杉田幸子・絵　あひるの子 ★
74 山下竹二詩集　徳田徳志芸・絵　レモンの木 ★
75 高崎乃理子詩集　奥山英俊・絵　おかあさんの庭 ★♡

76 檜きみこ詩集　広瀬弦・絵　しっぽいっぽん ★●□☆♡
77 たかはしけいこ詩集　高田三郎・絵　おかあさんのにおい ♡♣□
78 星乃ミミナ詩集　深澤邦朗・絵　花かんむり ♥☆♡
79 佐藤照雄詩集　津波信久・絵　沖縄 風と少年 ☆♡★
80 相馬梅子詩集　やなせたかし・絵　真珠のように ♥★
81 小島禄琅詩集　深沢紅子・絵　地球がすきだ ★
82 鈴木美智子詩集　黒澤梧郎・絵　龍のとぶ村 ◇★♥
83 いがらしれいこ詩集　高田三郎・絵　小さなてのひら ☆
84 宮入黎子詩集　小倉玲子・絵　春のトランペット ☆★
85 下田喜久美詩集　方振寧・絵　ルビーの空気をすいました ☆
86 野呂昶詩集　方振寧・絵　銀の矢ふれふれ ★
87 ちよはらまちこ詩集　ちよはらまちこ・絵　パリパリサラダ ★
88 秋原秀夫詩集　徳田徳志芸・絵　地球のうた ☆★
89 中島あやこ詩集　井上緑・絵　もうひとつの部屋 ★
90 藤川こうのすけ詩集　葉祥明・絵　こころインデックス ☆

✲サトウハチロー賞
◌三木露風賞
♤福井県すいせん図書
✣毎日童謡賞
♠奈良県教育研究会すいせん図書
✧北海道選定図書　☸三越左千夫少年詩賞
⊕静岡県すいせん図書
◎学校図書館ブッククラブ選定図書

…ジュニアポエムシリーズ…

91 新井　和詩集・高田　三郎・絵　おばあちゃんの手紙　☆★
92 はなわたえこ詩集・えばとかつこ・絵　みずたまりのへんじ　★●
93 柏木恵美子詩集・武田　淑子・絵　花のなかの先生　☆
94 中原千津子詩集・寺内　直美・絵　鳩への手紙　★
95 高瀬美代子詩集・小倉　玲子・絵　仲なおり　★
96 杉本深由起詩集・若山　憲・絵　トマトのきぶん　☆★◎　児文芸新人賞
97 宍倉さとし詩集・守下さおり・絵　海は青いとはかぎらない　♧
98 石井　英行詩集・有賀　忍・絵　おじいちゃんの友だち　■
99 なかのひろ詩集・アサト・シェラ・絵　とうさんのラブレター　☆★
100 小松　静江詩集・藤川　秀之・絵　古自転車のバットマン
101 石原　一輝詩集・加藤　真夢・絵　空になりたい　☆✥★
102 小泉　周二詩集・西　真里子・絵　誕生日の朝　☆■★
103 くすのきしげのり童謡・わたなべあきお・絵　いちにのさんかんび　☆★
104 成本　和子詩集・小倉　玲子・絵　生まれておいで　☆★✥♡♧
105 伊藤　政弘詩集・小倉　玲子・絵　心のかたちをした化石　★
106 川崎　洋子詩集・井戸　妙子・絵　ハンカチの木　□★☆
107 柘植　愛子詩集・油野　誠一・絵　はずかしがりやのコジュケイ　✥
108 新谷智恵子詩集・葉　祥明・絵　風をください　☆◈☼●♡✣
109 金親　尚子詩集・牧　進・絵　あたたかな大地　☆
110 黒柳　啓子詩集・吉田　翠・絵　父ちゃんの足音　☆★♡□
111 富田　栄子詩集・油野　誠一・絵　にんじん笛　♡☆
112 原　国子詩集・高畠　純・絵　ゆうべのうちに　☆
113 宇部　京子詩集・スズキコージ・絵　よいお天気の日に　○□●☆◇★
114 武鹿　悦子詩集・牧野　鈴子・絵　お花見　☆□
115 山本なおこ詩集・梅田　俊作・絵　さりさりと雪の降る日　☆★
116 小林比呂古詩集・おおた慶文・絵　ねこのみち　☆
117 後藤れい子詩集・渡辺あきお・絵　どろんこアイスクリーム　☆
118 重清　良吉詩集・高田　三郎・絵　草の上　☆□֍◆★
119 宮中　雲子詩集・西　真里子・絵　どんな音がするでしょか　✼★
120 前山　敬子詩集・若山　憲・絵　のんびりくらげ　☆★
121 川端　律子詩集・若山　憲・絵　地球の星の上で　♡
122 たかはしけいこ詩集・織茂　恭子・絵　とうちゃん　♡֍♣★
123 宮田　滋子詩集・深澤　邦朗・絵　星の家族　☆●
124 国沢たまき詩集・唐沢　静・絵　新しい空がある
125 池田あきつ詩集・小倉　玲子・絵　かえるの国　★
126 黒田　恵子詩集・倉島千賀子・絵　ボクのすきなおばあちゃん　☆★♡
127 垣内　磯子詩集・宮崎　照代・絵　よなかのしまうまバス　☆♡★
128 小泉　周二詩集・佐藤　平八・絵　太陽へ　֍★●☆♡
129 中島　和子詩集・秋里　信子・絵　青い地球としゃぼんだま　☆★
130 のろさかん詩集・福島一二三・絵　天のたて琴　☆
131 加藤　丈夫詩集・葉　祥明・絵　ただ今受信中　☆★
132 北原　悠子詩集・深沢　紅子・絵　あなたがいるから　♡
133 池田もと子詩集・小倉　玲子・絵　おんぷになって　♡
134 鈴木　初江詩集・吉田　翠・絵　はねだしの百合　★
135 垣内　磯子詩集・今井　俊・絵　かなしいときには　★

…ジュニアポエムシリーズ…

136	秋葉てる代詩集 やなせたかし・絵	おかしのすきな魔法使い	❀●★
137	青戸かいち詩集 永田萠・絵	小さなさようなら	❀★
138	柏木恵美子詩集 高田三郎・絵	雨のシロホン	♡★
139	藤井則行詩集 阿見みどり・絵	春だから	♡★◎
140	黒田勲子詩集 山中冬二・絵	いのちのみちを	
141	南郷芳明詩集 的場豊子・絵	花時計	
142	やなせたかし詩集 やなせたかし・絵	生きているってふしぎだな	
143	内田麟太郎詩集 斎藤隆夫・絵	うみがわらっている	
144	しまざきふみ詩集 島崎奈緒・絵	こねこのゆめ	♡
145	糸永えつこ詩集 武井武雄・絵	ふしぎの部屋から	♡
146	石坂きみこ詩集 鈴木英二・絵	風の中へ	♡
147	坂本のこ詩集 坂本こう・絵	ぼくの居場所	♡
148	島村木綿子詩集 島村木綿子・絵	森のたまご	❀
149	楠木しげお詩集 わたせせいぞう・絵	まみちゃんのネコ	★
150	牛尾良子詩集 上矢津・絵	おかあさんの気持ち	♡
151	三越左千夫詩集 阿見みどり・絵	せかいでいちばん大きなかがみ	★
152	水村三千夫詩集 高見八重子・絵	月と子ねずみ	
153	川越文子詩集 横松桃子・絵	ぼくの一歩ふしぎだね	★
154	すずきゆかり詩集 葉祥明・絵	まっすぐ空へ	
155	西田純詩集 葉祥明・絵	木の声 水の声	
156	清野倭文子詩集 水科舞・絵	ちいさな秘密《ひみつ》	
157	川奈静詩集 直江みちる・絵	浜ひるがおはパラボラアンテナ	★◎
158	若木良水詩集 西真里子・絵	光と風の中で	
159	牧陽子詩集 渡辺あきお・絵	ねこの詩	★◎
160	宮田滋子詩集 阿見みどり・絵	愛一輪	★◎
161	井上灯美子詩集 唐沢静・絵	ことばのくさり	☆●
162	滝波万理子詩集 滝波裕子・絵	みんな王様《おうさま》	★●
163	冨岡みち詩集 関口コオ・絵	かぞえられへんせんぞさん	★
164	垣内磯子詩集 辻恵子・切り絵	緑色のライオン	★◎
165	すぎもとれいこ詩集 平井辰夫・絵	ちょっといいことあったとき	★
166	岡田喜代子詩集 おぐらひろかず・絵	千年の音	★☆◎
167	川奈静詩集 直江みちる・絵	ひもの屋さんの空	★◎☆♥♡
168	鶴岡千代子詩集 武田淑子・絵	白い花火	★☆
169	井上灯美子詩集 唐沢静・絵	ちいさい空をノックノック	★◎☆
170	尾崎杏子詩集 ひなた山すじゅう郎・絵	海辺のほいくえん	☆♡★◎
171	柘植愛子詩集 やなせたかし・絵	たんぽぽ線路	☆♡★◎●
172	小林比呂古詩集 うめざわのりお・絵	横須賀スケッチ	☆★◎♡
173	林佐知子詩集 串田敦子・絵	きょうという日	☆★◎♡
174	後藤基宗子詩集 岡澤由紀子・絵	風とあくしゅ	☆♥★◎♡
175	土屋律子詩集 高瀬のぶえ・絵	るすばんカレー	☆♡★◎
176	三輪アイ子詩集 深沢邦朗・絵	かたぐるましてよ	★☆♡
177	田辺瑞美子詩集 西真里子・絵	地球賛歌	☆★◎
178	高瀬美代子詩集 小倉玲子・絵	オカリナを吹く少女	☆♡
179	中野惠子詩集 串田敦子・絵	コロポックルでておいで	★♡☆
180	松井節子詩集 阿見みどり・絵	風が遊びにきている	★☆♡